Bulder og brag
- vendepunkter

Udgivelser af forfatteren

Romaner
 Hemmeligheder. BoD
 Tab og vind. BoD

Vendepunkter
6 Rub og stub. BoD
5 Revl og krat. BoD
4 Det bimler og bamler. BoD
3 Det knirker og knager. BoD
2 Bulder og brag. BoD
1 Himmel og hav. BoD

Pædagogik
 Pædagogik – refleksion og faglighed. Reitzels Forlag
 Case – situationsbeskrivelser. Systime
 Pædagogikkens 7 forhold. Semi-forlaget
 Udviklingsarbejde – hvordan. Semi-forlaget
 Forældresamarbejde – en uvant praksis. Rokkjærs forlag
 Nej til folkeskolen? Ja til ansvar. Borgens Forlag

Åge Rokkjær

Bulder og brag
- vendepunkter

Bulder og brag
2. udgave
© 2021 Åge Rokkjær
Omslag og opsætning: Åge Rokkjær og Niel Rokkjær
Forlag: BoD – Books on Demand, København, Danmark
Tryk: BoD – Books on Demand, Norderstedt, Tyskland
ISBN: 9788743032380

Vendepunkter

Der berettes om hændelser, følelser, oplevelser, undren, stillingtagen, optagethed – alt sammen fragmenter fra og omkring mit liv.

Vendepunkter har derfor en betydning for mig, som naturligvis kun giver mening for dig, hvis du kan se meningen. Men ellers er det bare at læne dig tilbage og indleve. Det giver vel også god mening.

God forhøjelse
Åge Rokkjær

Fordel

Det nyfødte græs

En hytte med varme.
Et landskab med bakker.
En pige med dejlige former.
Solen den lyse.
Pigen den mørke.
Jeg går bag det hele
på den smalle sti
og omfavner det kærligt.
Et svar på min ventende længsel.

Må stoppe
for at fastholde.
Lægge os ned
på det nyfødte græs
og nyde
med lukkede øjne
mod solen.

Ben der krydses.
Arme der holder fast.
Fingre der flettes.
Bløde læber,
der mødes
i det nyfødte.

På stedet

Solen har opvisning
bag lukkede øjne.
Orange
jeg elsker dig.
Grønt
du er dejlig.
Lilla
du er min i nuet.
Blå øjne
du er min for evigt.
Ildrødt
flammende kærlighed.
Mørkt hår
du er smuk.
Hvide bryster.
Søen spejler blå skov.
Sorte grene
og grønne graner
giver dybde.
Træer omkranser vor lykke
i det grønne græs
på det sted
der nu er vores.

Vent

Inden du gik
sagde du:
Når jeg kommer hjem
skal vi have det rart
vi to.

Det skabte forventninger
hos mig.
Så jeg glædede mig til
at vi skulle have det rart
vi to.

Da du kom
sagde du:
Nu går jeg i seng
for jeg er – åh - så træt
må du tro.

Du skabte forventninger
hos mig.
Men nu bliver jeg i tvivl
om vi skal have det rart
vi to.

Fordele

Jeg fik skæld ud
af min kæreste
da jeg forærede hende
et bundt kunstige roser.

Jeg forklarede hende
nogle indlysende fordele:
De holder længere
og behøver ikke vand.
Og så er de endda dyrere.

Næste dag
Forærede hun mig
til min store overraskelse
en Lolita.

Hun forklarede mig
nogle indlysende fordele:
Hun holder længere
og behøver ikke vand.

Jeg supplerede:
Og så er hun endda billigere.

Lover to love

Jeg har en blød side i mig
Nogen påstår
den sidder foran
lige over bæltestedet.

Jeg prøver
at sige dem til hende
- ordene –
Jeg kan dem godt
på engelsk.

Love me tender.
I love you.
I can't stop loving you.
I want to make love to you.

Men de vil ikke rigtigt
som jeg vil
- ordene -
på dansk.
Så jeg må klare mig med
kropssprog.
For sprog skal der til.

YOU SPEAK ENGLISH?
DEUTSCH? ITALIANO?
FRANCAIS?
- MAN SKULLE LÆRE
SPROG
→ HAN KUNNE FLERE
SPROG. HVAD FIK
HAN UD AF DET?

Ord sprog

Viden er orden.
Uvidenhed er uorden.

Vaner er orden.
Uvaner er uorden.

Orden er orden.
Uorden er uorden.

Én fejl er i orden.
To fejl er uorden.

Af ord er du kommet.
Til ord skal du blive.
Af ord skal du igen opstå.

For uden ord
ingen jord

Hvem har taget ordet?

Livets fødegang

Så sker det.
Der
hvor natten vender
og ord får ny mening.
Veerne har fat
fødslen er gået i gang.

Den har sine egne veje.
Som glæden
der vandrer op ad strøget
og ender i Nyhavn
en solskinsdag.
Som kærligheden
der holder i hånd
og spejler sig
i butiksvinduerne.
Som gademusikanterne
der spiller op
og gøglerne der jonglerer.
Som et politi
der et øjeblik lukker øjnene
for tiggere og hjemløse.

En fødsel
er ikke for tøsedrenge.
Og hjerter smelter en tåre
når moren for første gang
lægger barnet
til sit spændte bryst.

Ulvetid

Hva det?
Roden og ragen.
Rod og ragelse.

Hva det?
Bleskift og babymad.
Sutter og flyverdragt.

Hva det?
Børnehaven for børn
fra syv til sytten.

Hva det?
Goddag og farvel.
Farvel og goddag.

Hva det?
Spise og drikke.
Godnat og sov godt.

Hvad er det?
Frihed?
Lykke?
Kærlighed?

- HVA' DET ?
- DET ER EN LAMPE !

Mødre møder en mor

De mange bange
møder ikke mange.

Mange mødre
møder ikke til møder.

Moderne mødre
møder til mange møder.

Mange mødre
møder moderne mødre.

Moderne mødre
møder moderne moder.

Moderens mor
møder sin mormor.

Moderens mormor
møder en morder.

Morderens moder
er min svigermor.

Den kloge digter
stopper her ...

Kend dig selv

Pskykologer påstår
at vi er eksperter
i eget liv.
For mig lyder det lidt voldsomt
for jeg er nu ikke ekspert
i madlavning
blot for at tage et eksempel.

Selvfølgelig ved jeg det godt
og er dermed ekspert
i *den* viden om mig selv,
selv om familien for længst
har opdaget det.

Og alligevel kom det bag på mig
hvor god jeg kunne blive,
hvis jeg bare fulgte en opskrift.
Men når *det* kom bag på mig,
kan jeg vel ikke ligefrem påstå
at jeg er ekspert i eget liv.

Jeg har til gengæld
fundet ud af
at det er menneskeligt at fejle.
At selv eksperter kan tage fejl.

Så måske er jeg alligevel den
der kender mig selv bedst -
selv om min kæreste
påstår noget andet.

18

Nu er det nok

Er det rigtigt
at manden med det ene øre
sendte det andet til kæresten,
så hun kunne åbne kuverten
og se
at han altid hørte efter
hvad hun sagde?

Er det rigtigt
at manden med det ene øje
sendte det andet til kæresten,
så hun kunne åbne kuverten
og se
at han kun
havde øje for hende?

Er det rigtigt
at manden med de ni fingre
sendte langemanden til kæresten,
så hun kunne åbne kuverten
og se
at nu
havde hun fået fingeren?

Det svage køn

Det svage køn
vil spille fodbold
stå på skateboard
og bokse.

Det svage køn
vil slå vejrmøller
have karriere
og succes.

Det svage køn
vil op ad rangstigen
have magt
og bestemme.

Det svage køn
vil giftes med prinsen
på den hvide hest
og have børn.

Det svage køn
vil skilles fra stodderen
på den grå hest
og have børnene
og børnebidrag
og hustrubidrag
og huset
og et barn mere
med den nye elsker.

Pas på skat

Velkommenkram
og *Hva' så du?*
Fest og ballade.
Råb og latter.
Grill-os og sniksnak
og vin ad libitum.

Små øjekast
til hende pigen
du ikke havde med.
Solen spises
til den sidste pølse er væk
og ketchup tørres af munden.

Hvordan går det?
Jamen jeg. Jamen dig.
Kan du huske?
Skål og vi bunder,
mens musikken sætter fut
i fødder og lyster.

De små øjekast
rykker nærmere og nærmere
og byder op til dans.
Lir og larum.
Handling uden ord.
Indtil: *Skat vi skal hjem!*

HUN GÅR RUNDT DER MED NUNSEN BAR
SÅ TA'R VI HØJRE FOD FREM
LOVE ME TENDER
DYBBØL MØLLE MALER
NÅR JEG BLI'R GAMMEL
DET ER MIG DER STÅR HERUD'
EN PØLSE
RIGTIGE VENNER

Kloge Åge

Den kloge søger
det bagvedliggende,
den indre sammenhæng,
lovmæssigheden,
det uundgåelige,
det nødvendige.
Forudser det uforudsete.
Analyserer
baggrunde og årsager.
Vurderer
kritisk og selvkritisk.

Den kloge tænker
over meningen med livet,
filosoferer,
læser og skriver,
søger viden,
abstraherer,
lægger strategier og planer,
holder styr på livet,
har orden på verden
og økonomien.

Den kloge mærker ikke
når klokken er slået,
og løbet er kørt,
og konen har forladt ham,
fordi han er så klog
at han kan undvære hovedet
og lader støvsugeren stå.

Ganske vist

Det siges at mandens bedste ven
er konen.
At det er ganske vist
at manden er beskytter
og tager sig af det ydre.

Det siges at kvindens bedste ven
er tre veninder.
At det er ganske vist
at kvinden lytter
og tager sig af det indre.

Det siges at tidens bedste ven
er stress og jag.
At det er ganske vist
at tiden iler
og viser sine tænder.

Det siges at hundens bedste ven
er mennesket.
At det er ganske vist
at hunden gør
og logrer med sin hale.

Det siges at manden står
med halen mellem benene,
når det er ganske vist
at konen smutter
med sine tre veninder.

Andel

En ven for livet

Hvis du søger
en ven
uden sorg
skal du søge
nede i dalen
ved den blikstille
skovsø
hvor du
i stilhed
kan spejle
din kærlighed
i det sorte dyb
til højt op
over skyerne.

Hvis og hvis

Hvis
jeg
gør
tingene
for
min
egen
skyld
kan
folk
bedre
forstå
det
og
dårligere
acceptere
det.

Så
hvad
gør
jeg
nu?
Hm

Jeg
fortsætter
... ikke

Regn med det

Græsset er slået.
Ukrudtet er væk.
Æblerne samlet op.
Roserne er nippet.
Træerne studset.
Hækken er klippet.
Jeg har ondt i ryggen.

Brændet er stablet.
Skuret er ryddet op.
Fliserne er renset.
Plankeværket rettet op.
Gødningen er spredt ud.
Affaldet på genbrugsstation.
Jeg skal huske af nyde det.

Haven er et kunstværk.
Huset skinner.
Hængekøjen hængt op.
Fortjenesten er fortjent.
Belønningen skal indfries.
Øjeblikket nærmer sig.
Og nu pisregner det.

Ej blod til lyst

Myggene
som åd mig om natten
sidder og dovner
på væg og loft.
Sorte prikker
vender uskyldigt ryggen til.

Hvor meget blod
har de mon suget ud
af min kløende krop?

En summen suser forbi.
Jeg smadrer hænderne sammen.
Kigger efter
- den slap.
Jeg slår igen, igen og igen.
Jeg åbner hænderne:
En blodklat.
Mit blod!

Djævle.
Jeg skal ordne jer.
Mit håndklæde mørbanker
vægge og loft med stor kraft
for at hævne nattens orgie.
Rødt på hvidt
afslører de blodige træffere.
Blodet driver af væggene
og jeg klør og klør
til jeg er revet til blods.

30

Det er løgn

Jeg har aldrig lært at lyve
sådan for alvor -
kun for lige at klare
en pinlig situation.

Jeg skulle være der
klokken otte -
men klokken var ti
da jeg vågnede.

Hvad skulle jeg sige?

Finde på noget som ham Chris
fra chokoladefabrikken
En fugl fløj ind i min mund, chef,
en lille solsort.
Jeg er faldet ned
med en flyvemaskine i nat, chef.
Der er nogen,
der har stillet et 10-meter højt ringbind
udenfor min dør i nat, chef.

Jeg sagde,
at jeg havde sovet over mig
og kommer nu.
Nej, sagde chefen,
du bliver hjemme
for nu har jeg fået en vikar.
Det var en hård straf.
Så nu har jeg to vækkeure.

Skridt for skridt

Jeg går med usikre skridt
mod bedre tider.
Et skridt frem
og et tilbage.
Skal jeg lade tvivlen komme til gode?
Eller er det gode miner til slet spil?
Det ser ud til,
det ser ud som om,
men er det ganske vidst.
Måske,
måske ikke.
Jeg krydser fingre.
Pøj-pøj.
Det skal nok gå alt sammen.
Tiden går og går,
læger alle sår.
Snart har jeg glemt
alle sorger og bekymringer.
Glemt hvad det var,
der skulle blive bedre.
Et skridt frem
og et tilbage.
Der er lige langt.
Jeg går med usikre skridt
mod bedre tider.
Må nok hellere anskaffe
mig en skridttæller.
En af dem der tæller
begge veje.

Én i nøden

Økonomien er på smalkost.
Hjernen på højtryk.
Kroppen i højeste beredskab.
Jeg river mig selv i håret.

Sparebøssen skal til reparation.
Vinden er på stormstyrke.
Negle bides til roden.
Jeg skal have plaster på såret.

Pengene er i havsnød.
Regnen er i skybrud.
Hænder vrides og vrides.
Jeg tænker går'et så går'et.

Kreditværdigheden er i bund.
Havet er i oprør.
Nerverne hænger i laser.
Jeg klasker mig selv på låret.

Røv og nøgler

Der er én ting
jeg med sikkerhed
bruger hver dag,
nemlig toiletpapir.

Og jeg har et problem
i den forbindelse.
Ikke fordi jeg specielt
har behov for
at dele problemet med andre.
Men nu hvor det er nævnt
kan det lige så godt komme frem.

Jeg er altid i tvivl om,
hvad jeg skal købe.
Skal det være den dyre
eller den billige?
Det er lidt lige som med rødvin.
Jeg skal købe 12 ad gangen.
Forskellen er blot
at jeg kan få lov til
at smage rødvinen *inden*
jeg køber den.

Toiletpapiret
kan jeg ikke få lov at prøve.
Her må jeg tage en chance.
Og når de 12 ruller er brugt
kan jeg ikke huske mærket
da jeg har smidt plastemballagen ud.
Og så er problemet der igen.

På udebane

Jeg har prøvet
at sidde på en barstol
i Las Palmas
klokken otte og morgenen
og spise en sandwich con jamon
og drikke en San Miguel
alene – og dog.

En kommer ind
med raslende flasker.
En rydder op
og stiller på plads.
En vasker gulv
og skubber til mig,
da pladsen er trang.

Her i Las Palmas
klokken otte om morgenen
er jeg lureren,
der ikke forstår spansk.
Et inventar,
der får mobbet
sine fødder.

WiFi inclusive

Jeg længes efter nærhed
fortrolighed og åbenhed.
Men hvor skal jeg finde den?

Familien er i opløsning
vennerne flytter og rejser
og nye venner kender mig ikke.

Mine børn studerer i København
og jeg må flytte med arbejdet
til Ringkøbing Fjord.

Der er da meget kønt
og ikke langt til klitter og hav.
Mit nye hus er billigt

WiFi har de sørme også.
Så nu ser jeg vennerne tit
på facebook og snapchat.

Lad os dele

Sidder lige og snakker
med min bedste ven.

"Der er delebiler."

Biip - biip
Hvem er mon det?
Nåh -
må lige svare.
Et øjeblik ...

Det må du undskylde.
Nå,
hvor kom vi fra?

"Der er delebørn."

Bzzz - bzzz
Undskyld
Jeg tager den lige.
Et øjeblik ...

Det må du undskylde.
Nå,
hvor kom vi fra?

"Og så er der delevenner."

Gi' en krammer

Jeg er en mand
så Erik vil ikke
give mig en krammer.
Dem gemmer han
til damerne.
Men Mogens vil godt.

Hurtigt lærer jeg
at der er forskel på folk.
Dem man krammer
og dem man ikke krammer.

Engang var det vist kun
den nærmeste familie
man krammede.
Så spredte det sig
til familiemedlemmer
og venner.

Så var det jeg tænkte,
om ikke det er tiden
hvor jeg også bør kramme
kassedamen,
stewardessen
og fotomodellen.
Bare for at begynde et sted.

Ikke forstået

Hvorfor må vi
ikke spise æbler
fra kundskabens træ?

Hvorfor må vi
ikke gå nøgne rundt
på offentlige steder?

Hvorfor må vi
ikke cykle på fortov
og fodgængerovergange?

Hvorfor må vi
ikke ...

Nu kan jeg
ikke finde på mere
som jeg ikke forstår
at vi ikke må.

Så alt andet
må jeg godt.

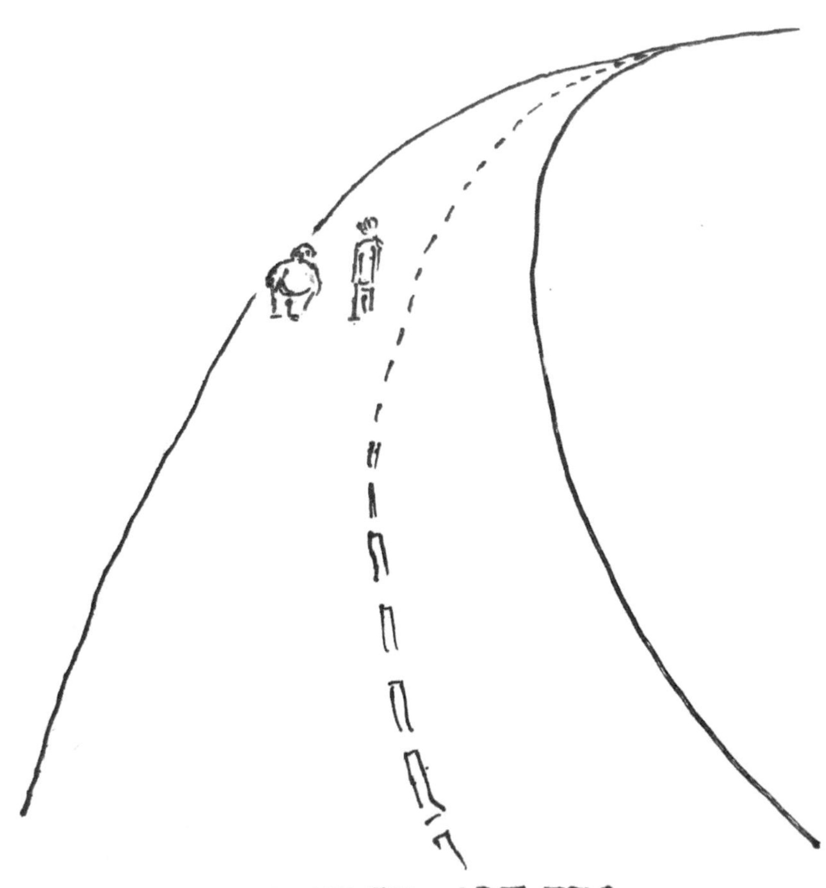

- VI ER GLEDET LIDT FRA
HINANDEN PÅ DET SIDSTE.
- SÅ LAD OS BYTTE SIDE.

Det kolde gys

Kulden bider i kinderne.
Vandet er 5 grader varmt
eller 5 grader koldt.
Det kan gradbøjes
alt efter temperament.

Nøgne kroppe
dumper ned
hopper i.

Kuldechok
udløser endofiner,
hvin
og snappen efter vejret.
Klap fra tørskoede
og vinterklædte.

Der venter
en ekstra dukkert
eller direkte i sauna,
en slåbrok
og en kop kaffe.

Jeg har selv prøvet det
altså det der
med en sauna
og en kop kaffe.

Provokatører

Nogen påstår at *søndag*
er *starten* på ugen,
oven i købet
en god start.

Aldrig
har jeg hørt
magen til vrøvl.
Søndag
er ugens sidste dag.
Dagen,
hvor man vender
kalenderbladet
og danner sig et overblik
over ugen der kommer.

Jeg fatter ikke
hvorfor der altid
er nogen
der skal lave om på fakta.
Søndag er *ikke*
"en god start på ugen".
Søndag er dagen
hvor jeg sover ud og slapper af
efter de andre dage.
En perfekt *slutning*
på ugen. Basta.
Idioter.
Provokatører.
Fredsforstyrrere.

44

Spild

Tøjspild.
Madspild.
Spild af tid.
Ikke spilde!
Men...
Masser af tøj giver muligheder.
Masser af mad giver tryghed.
Masser af tid er luksus.
Masser af penge giver status.

Store huse,
flere biler,
flere børn
er tegn på overskud

Men husk nu:
Ejer du mere end tre ting,
ejer tingene dig!

Derfor vil jeg nøjes med
at have to ting af alt.
To pc'er.
To printere.
To biler.
To par sko.
To børn.
To koner.

For når den ene ting går i stykker,
så har jeg jo den anden.

Identitetstyven

Hvor meget skal en tyv
mon stjæle
for at jeg mister min identitet?

Personnummeret,
min personlige kode,
og mit NemId kort?

Så kan de komme ind i Danske bank,
hvor mine kontanter ligger.
Men heldigvis
dækker banken et sådant tyveri.
Og jeg kan jo spærre kontoen,
hvis jeg har mistet mit dankort.

Mit pas har et billede af mig
og jeg er jo ikke en tyv.

Så jeg forstår ikke at det er muligt
at stjæle min identitet,
for min personlige kode
er godt gemt inde i mit hoved.

Med mindre der går én rundt
og ser ud som mig,
og har det samme i hovedet som mig.
Er der det,
må det jo være mig.

Sus i skørterne

Susanne Brøgger
siges at have gennemgået tre faser:
- Først frigør hun sig fra kærlighed
- Så overgiver hun sig til kærlighed
- Og endelig frigør hun sig gennem kærlighed.

Frigørelse er forbundet
med undertrykkelse.
For at frigøre sig
skal hun således opleve
at kærligheden undertrykker hende.
Med rene ord
så nyder hun
uforpligtende sex,
men finder det
i længden for kedeligt.
Derfor overgiver hun sig til kærligheden
og lader sig binde til én.
Men finder det i længden
undertrykkende og lidt kedeligt
kun
at skulle have kærlighed til én.

I virkeligheden var de tre faser
- Ung kvinde
- Gift kvinde
- Skilt kvinde
Og dem er der mange af.

Gå i hundene

Hunden
er menneskets bedste ven,
siges der.

Vand og mad
serveres hver dag
i rette mængder.
Den bløde hundelort
samles forsigtigt
op i en hundepose
og bæres endnu varm
til nærmeste skraldespand.
Den får en kæletur,
klap og kram.
Tid til vask og klipning
på hundesalonen.
En tur til dyrlægen
for ørerne klør,
tænderne skal renses
lopperne skal væk
hundehårene støvsuges.
Den får flere klap og roser,
samtaler og opmærksomhed
hver dag
end jeg har fået hele ugen.

Mennesket
er hundens bedste ven,
siger jeg.

Argumentér

Endimensionel tankegang.
Forfladigelse af debat.
Virkelighedsfjerne forudsætninger.
Kortsigtethed,
blinde pletter
og ensidig fokus
øger klimaproblemer
luftforurening
og ulighed.
Forringer
velfærden,
værdien af fritiden,
trygheden,
biodiversiteten og
rent drikkevand.
Det er nødvendigt!
På høje tid.
Indse det dog!
Nyttig viden.
Retvisende tal.
Det fulde billede.
Bæredygtighed.
Ikke ligeglad.

Jeg skal nok,
men ...

Lær at lære

Ingen kan undslippe
undervisningspligten.
Alle kan undslippe
skolepligten.

Vælg frit mellem
folkeskole,
friskole
eller hjemme.

Et dygtigt folk
er afgørende for velfærd.
Værdierne er i spil
når valget skal vælges.
Hvilke klassekammerater
skal jeg sidde ved siden af.
De rige?
De kongelige?
De kristne?
De jødiske?

Er friskolen fri?
Er folkeskolen for folk?
Er sammenhængskraften
sammenhængende
når man frit kan vælge?

Er friheden fri?

Ting

Hver ting har en historie,
som er en del af mig selv.

Hver ting har en funktion
og er noget særligt.

Hver ting har sin plads,
så er de nemmere at finde.

Hver ting har en betydning
og ikke til udsmidning.

Hver ting til sin tid,
så er de nemmere at nyde.

Hver ting har en tid,
indtil tiden er gået.

Som det er med hver ting,
er det også med mig.

Virker virkelig

Ukærlighed er konkret.
Utopien er kærlighed.

Uærlighed er konkret.
Utopien er ærlighed.

Ulighed er konkret.
Utopien er lighed.

Umenneskelighed er konkret.
Utopien er menneskelighed.

Uansvarlighed er konkret.
Utopien er ansvarlighed.

Uretfærdighed er konkret.
Utopien er retfærdighed.

Ukonkret er ikke konkret.
Utopien er konkret.

Virkelighed er konkret.
Utopien er virkelig.

Opstød

To dage
støder ikke
op til hinanden
for der er en nat imellem.

Vi to
støder ikke
op til hinanden
for der en kultur imellem.

To kulturer
støder ikke
op til hinanden
for der er en vilje imellem.

To kærester
støder ikke
op til hinanden
for der en fortid imellem.

To totaller
støder ikke
op til hinanden
uden at blive toogtyve.

- KULTUR
- HVA'?
- KULTUR
- KUKUR?
- KULTUR!
- NEJ, JEG TAGER S-TOGET.

Ingen vej tilbage

Som dreng
lærte jeg remsen:

    Din kæmpekartoffel
    Tordenlynende
    Fire alen lange
    Store
    Møgbeskidte
    Langt ud af halsen stinkende
    Ned i grøften dyppet
    Hen ad vejen slæbt
    Op på muren klasket
    Ildelugtende
    Brasilianske
    Møgsvin.

Og så kom trumfen:

    Du ligner Viggo.

I dag
ved jeg ikke
hvordan jeg kommer af
med den remse igen.

Ventetid

Et minut varer et minut.
En time varer en time.
Det siger min fornuft.

Men sådan er det ikke.
For jeg har ventet på et tog,
der skulle komme om et minut,
men så blev det aflyst.

Jeg ventede og ventede.
Så mig omkring på perronen
på plakater og duer
og andre der ventede.
Der var intet at spise og drikke.
En time var *mere* end en time.

En klog mand sagde
at man altid skal huske
at ventetid skal man se
som en tid man får foræret.

En anden klog sagde
at man altid skal huske
at det ikke er tiden der fejler noget
men det man putter i den.

Men lige nu ville jeg ønske
at jeg ikke havde skrevet dette
og i stedet var gået i seng
en time tidligere.

Hvad er værdier værd

Tryghed!
Men hvorfor så
gå med peberspray
sætte alarmer op
og låse døre?

Fællesskab!
Men hvorfor bor
så mange alene,
bliver skilt
og begår selvmord?

Frihed!
Men hvorfor så
sætte overvågning op,
lave fotofælder
og give parkeringsbøder?

Respekt!
Men hvorfor så
lade banditter
sælge hash og heroin
på åben gade?

Værdier
skal have et drys
af tryllestøv
og kærlighed
for at virke.

Dom

Barndom
Ungdom
Alderdom

Fordom
Helligdom
Mødom

Jødedom
Rigdom
Ejendom

Domhus
Domstol
Domfælde

Domkirke
Domprovst
Dompap

Nu kan jeg ikke
flere ord med dom.
Så herfra dominerer
dit domæne.

Verdensdele

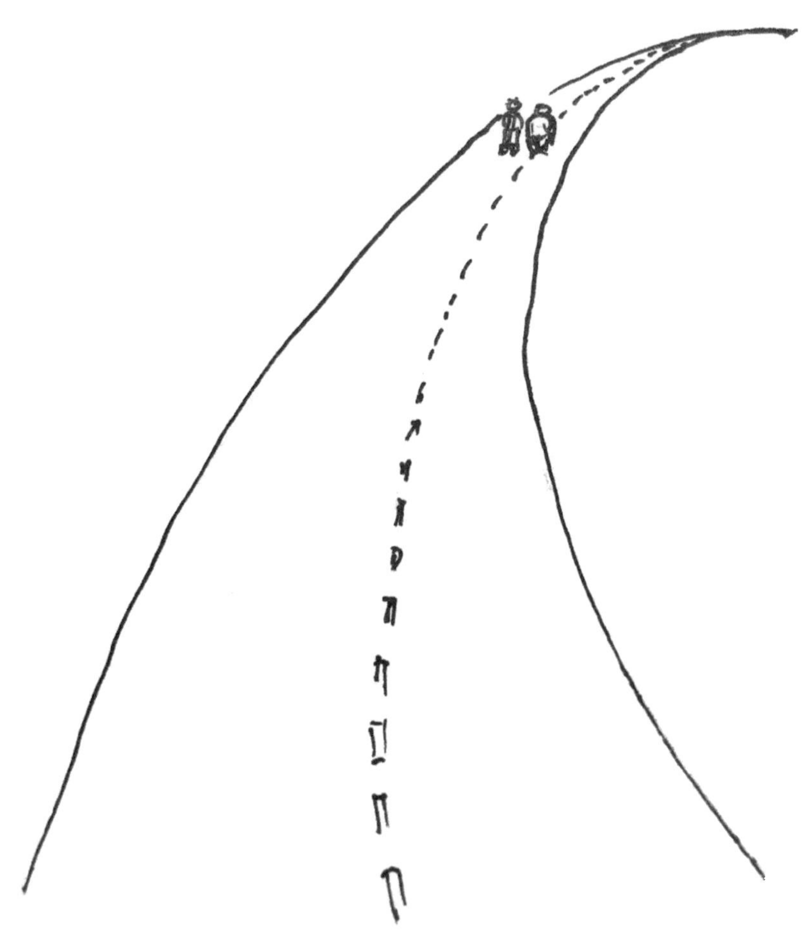

Findeløn?

Engang var der mig
og min mor.
Og så min far
og min storebror.

Og så var der dem i gården
og i skolen.
Og så dem på vejen
og en kusine.

Og så var der venner
og kammerater.
Og så var der Hanne
og hende Margrethe.

Og så var der staten
og fattige og rige.
Og så var der jorden
og et himmerige.

Og så var der stjerner
og syv planeter.
Og ja – der gik lang tid
Inden jeg fandt det.

Og har jeg mon sovet
og er ordet forsvundet?
Og ja - men nu er det skam fundet.
Ordet er helt klart ... samfundet.

Oven over alting

Oppefra og ned
er en særlig struktur,
for vintergækken
kommer nedefra og op.

Oppefra og ned
sendes lyn og torden,
mens angsten
kommer udefra og indefra.

Oppefra og ned
lyder magtfulde ordrer,
der trækker i mindet
om enarmede tyveknægte.

Oppefra og ned
 ryder solen islag,
    skaber glæde og håb
       ` og udenpå.

En gammel nyhed

Brevsprækken smækker
før øjne får sprækker.
Sektion på sektion
er landet i entreen.
Der dufter af kaffe,
ristet brød og gamle Ole,
blødkogt æg og nyheder
der venter spændt.

Skat får et smæk.
Ham Birk er i blæsevejr.
Gelésmørrebrød
til de ældre.
Klagestorm
og klimavismand.
Sol over Gudhjem.
Wilders er vild.
Schmeichel står på mål.
Sandra Toft står ikke på mål.
En roer vil til OL.
At Tænke Sig.

Det var dagens avis
med nyhederne fra i går.
Og nu ligger den der
forældet og udslidt.
Klar til at blive fyret
i brændeovnen.

For hvem gider læse
nyhederne fra i går.

Kineserne kommer

”Kineserne kommer!”
forlyder det ildevarslende.

Milliarder
efter milliarder
skyder de ind
- hold nu fast –
i *amerikansk*
højteknologisk
militært udstyr.

Velvidende
at kineserne er
- se det i øjnene –
en militær
konkurrent.

Og Alibaba – den røver -
en vaskeægte kineser
ejer Alibaba,
som er en større nethandel
end Amazone.

Nu er spørgsmålet,
hvornår kineserne
økonomisk set
rammer muren.
Eller
investerer i den mur
ingen vil bygge
mellem USA og Mexico.

En lille morfar

Terror spreder skræk og advarsel.
Bomber smadrer familier,
hjem og sygehuse.
Giftgas kvæler børn.
Kampe om magt,
territorier
og tro.
Frigørelse
fra undertrykkelse,
så andre kan undertrykkes.
Men undertrykkeren
er selv undertrykt.

Nyhederne bringer
de skræmmende budskaber
til den rastløse stol,
hvor jeg sidder
med benene oppe
og magter ikke at forstå
at der ikke er fred i verden.

For jeg har mine problemer
med naboen det dumme svin,
med kæresten der lige har slået op,
med brormand der ikke vil se mig,
med datteren jeg ikke kan få lov til at se.

Så er der noget at sige til
at jeg tager mig en lille morfar.

Når kulturen svarer igen

Bulder og brag.
Hunden kryber ind under sengen.
Babyer holdes for ørerne.
Fly flyver højt
for at undgå raketter.
Der er flere sårede.
Råben og skrigen.

Politi og brandvæsen
i forøget beredskab
mod hærværk og brand.
Mange tumler fulde
rundt i gaderne.

Det er mørk nat.
I en flagstang hænger en cykel.
En postkasse er smadret.
Affyrede raketbatterier flyder.

Flygtninge fra krigen
skræmmes af traumer,
og de unge går amok.

Det er nytårsaften.
Kulturens højrøstede svar
på våbenhvile i Aleppo.

Et nytårsforsæt?

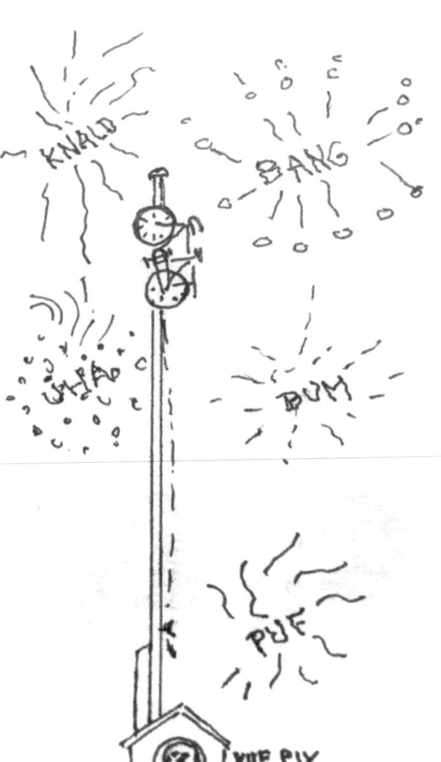

Oh skræk

Men skrækken sidder der.
Så hun går med pebberspray
eller bliver hjemme
af angst for alternativet.

Som når man skal køre med DSB,
hvor man ofte er i tvivl
om toget er forsinket
eller aflyst.
Som når man spænder
sikkerhedsbæltet
eller tager cykelhjelmen på
for der kunne jo ske
en eller anden ulykke.
Som når man
lige skal rundt
en ekstra gang
for at sikre sig
at dørene er låst
og vinduerne lukket.
Som når man sidder der i bilen
og er i tvivl
om man fik låst dørene
og lukket vinduerne
alligevel.

Som når man står der for rødt
og venter på grønt
klokken tre om natten
for der kunne jo komme
en politibetjent.

Magten er løs

Når magten slår sig løs
følger løgnen med
og sandheden får mange ansigter.
Penge byttes til magt
og følgagtighed.
Korruption bliver korrupt.

Hvordan mon jeg vil reagere
hvis jeg bliver tilbudt en Porsche?
Vil jeg så gå på kompromis
med min egen integritet?
Løsne lidt på moralen
og mit etiske standpunkt?

Man skal jo indgå kompromisser,
vise smidighed og være fleksibel!
Alt kan jo ikke gå efter ens eget hoved!

Så det er en overvejelse værd.
Og hvad kan det skade?
Man skal jo hjælpe hinanden.
Noget for noget.
Og venskaber og netværk
er vigtige for ens karriere.
Principper er vel til for at brydes.
Og en Porsche i indkørslen
vil uden tvivl vække opsigt og beundring.

Jeg skal bare lige have styr på
om jeg har råd til vægtafgift,
forsikring og vinterdæk.

Hvorfor hvorfor dit

Svært bevæbnede
Ku Klux Klan,
Loyal to Family,
Hells Angels,
og Banditos
Halvautomatiske rifler
og håndholdte pistoler.
Hvor kommer de fra?

Fanatisme.
Intolerance.
Racisme.
Nynazisme.
Radikalisering.
Ekstremisme.
Inkontinens.
Hvor kommer det fra?

Had.
Magtkamp.
Rivalisering.
Vold.
Terror.
Bølleoptøjer.
Dræberbiler.
Bæltebomber.
Hvor kommer det fra?

Og hvor kommer jeg fra?

Voldtægt … varetægt

En 10-årig
har fået et barn
med sin onkel.

Hvert tredje minut
voldtages en pige
under 16 år.

Halvdelen af piger
under 16 år
har været udsat
for voldtægt.

Hvad foregår der lige
i Indien?

Moderen
til den 10-årige
fortalte hende
at bulen på maven
var en stor sten.

Ingen abort tillades
efter 20 uger
siger loven.
Barnet vejer 2½ kg
og adopteres væk.

Onklen er arresteret.
Hvad synes du,
der skal ske med ham?

Regn rigtigt

Orkanen raser,
river hjem
til pindebrænde.

Vandet raser,
drukner tryghed
til fortvivlelse.

Jordskælvet raser,
alt styrter sammen
til ruiner.

Klimaet raser,
lider under
uhæmmet grådighed.

Nordkorea raser,
truer verdensfreden
til bål og brand.

ISIS raser,
smadrer sagesløse
til plukfisk.

Heroinen raser,
skaber mennesker
til zombier.

Danskerne raser
over regnfuld sommer
og trækker sydpå.

Det er lige op over

Skatten skal ned.
Svindel skal ud.
Velfærden skal op.

Bommen skal ned.
Fremmede skal ud.
Militæret skal ind.

Afgifterne skal ned.
Bilerne skal ind.
Forbruget skal op.

Ventetiden skal ned.
Prioriteringen skal ind.
Fødselstallet skal op.

Forholdet holder op.
Ægtefællen skal ud.
Børnebidraget skal ind.

Regnen siler ned.
Solen skal stå op,
for jeg skal ud

Op og ned.
Gummiged.
Ud og ind.
Maveskind.

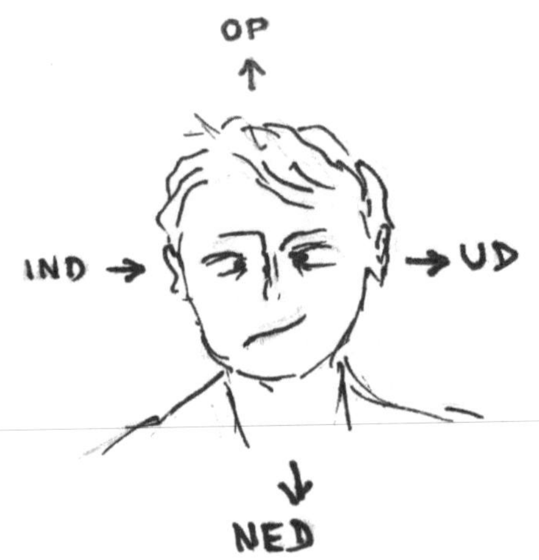

Vildskud

De nyeste nyheder
nydes.
Udsigt til indsigt
frister.

Men forsiden
har også en bagside,
nemlig:

Breaking news
bryder frem,
men brækker sig
dagen derpå.

Indsigt:
57 mennesker dræbt
af en skydegal!

Udsigt:
7 milliarder mennesker
er handlingslammede
af skræk og rædsel!

For våben er stadig
den største handelsvare
i verden -
nok overhalet af narko.

Og det er ingen nyhed.

Thors hammer

Thor slår med hammeren:
Klimaet går amok.
Værdierne smuldrer.
Medierne skævvrider os.
Politikerne er blinde og døve.
Lederne svigter os.
Videnskaben er korrupt.
Ingen vil betale skat.
Oplysningstiden
er blevet til opløsningstiden.
Grundstemningen
er mismod og opgivenhed.

Thor er ude på skammeren:
Tag dig sammen.
Gør noget.
Slut med søvngængeriet.
Tænk stort.
Vær kritisk
og selvstændig.
Vær modig.
Tænk på andre.
Drop Facebook og Twitter.
Vær optimist.

Thor har ret og tak for det
Holger Danske vågner op,
tænder for fjernsynet
og hepper optimistisk på de rød-hvide.
Vi må og skal tæve de skide irere
og komme til VM i fodbold.

Bagdel

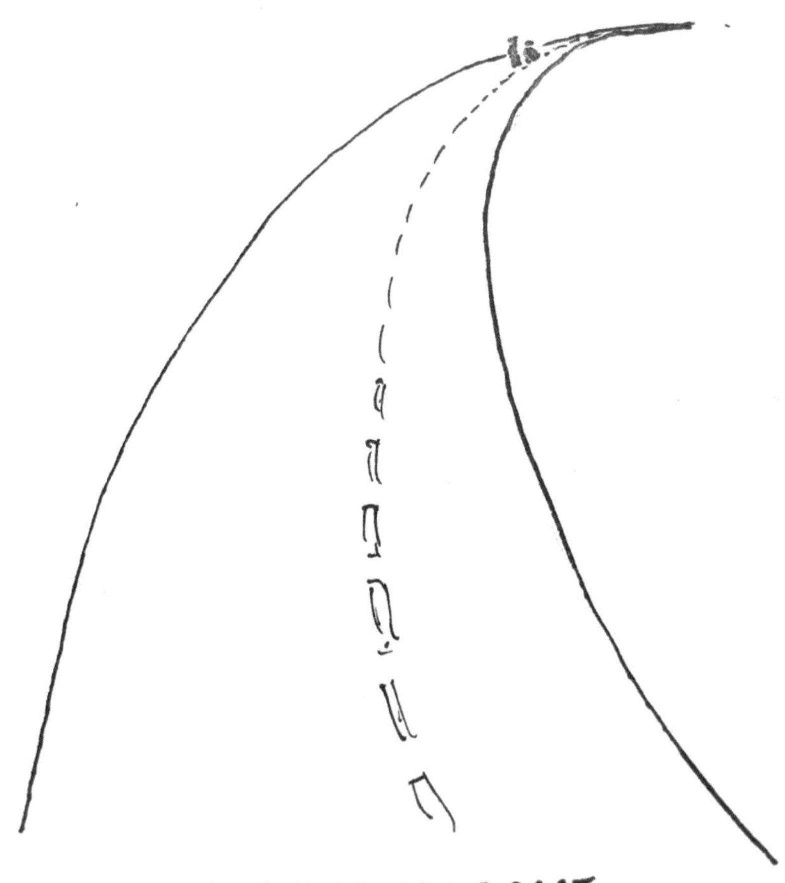

At være eller ikke være

Jeg *vil* være til
Jeg *vil*
Jeg *vil*.
Jeg koncentrerer mig
om at være til.
Bare være til.
Eksistere
i min væren.
Være mig selv
mig selv
mig selv.

Dyrker yoga
qui gong
og psykoterapi.
Har et mantra.
Får akupunktur,
sakralmassage
og fodterapi.
Spiser stenaldermad,
får kosttilskud
og lavementer.

Jeg *vil*
Jeg *vil*
være mig selv
mig selv
mig selv.

Om at spejle sig

Du skulle ta' og se dig selv
i spejlet.
Det gør jeg så.

Kan jeg være mig selv bekendt?
Mit venstre øre
bliver til højre øre.
Rynkerne må jeg finde mig i
og arrene på sjælen.

Håret kan jeg trimme
selv om det er svært
at klippe mig selv
spejlvendt:
Tanken går den ene vej,
saksen den forkerte vej.

Jeg kan se splinten i andres øjne,
men ikke nogen bjælke i mine egne.
Måske fordi selverkendelsen
er spejlvendt.
Tanken går den ene vej,
retningen den forkerte vej.

Tager hensyn

Næsen løber lidt rigeligt.
Nysene nyser.
Lidt ondt i hovedet.
Lettere svimmel.
Øjnene tørres.
Træt af at være træt.
Ondt i halsen.
Melder mig syg.

Søger netdoktoren.
Læser om betændelse,
virus og symptomer.
Suger Hexokain og Strepsils.
Drikker romtoddy
og spiser havregrød.

Lægen tager prøver
i hals og finger
og stiller spørgsmål.
Jeg svarer med en dyb stemme
der tilhører Leonard Cohen.
Lægen konstaterer
at det *kun* er en virus
som mit immunforsvar
selv skal klare.

Da jeg går derfra
føler jeg mig allerede i bedring
men tager for en sikkerheds skyld
tre sygedage mere.
De andre skal jo ikke smittes – vel?

Bevar

Bevar dit gode syn
og styrk dine blodkar.
Spis tabletter med blåbær
så får du antioxydanter.
C og A vitaminer.
Bevar dine led mod gigt:
Spis tabletter som en hest
så får du glucosamin
eller chondroitin og calcium,
D og C vitaminer.
Hold maven i topform
og undgå ballonmave.
Spis tabletter med artiskok
og aktive stoffer fra løvetand
og få styr på ph-balancen og gassen.
Bevar din sexlyst
og fysiske formåen.
Spis tabletter med zink
aminosyrer og gensing
og bliv en rigtig mand igen.
Bevar dit gode humør
og positive sind.
Spis tabletter med safran
magnesium samt biocin
og kom op af det sorte hul.

Bevar mig vel,
som jeg spiser og spiser.
Og nu kan jeg få tabletter
mod søvntab og energitab,
hår i munden og indtørret hud.

En ringe trøst

En almindelig træblyant
vejer 8 gram.
Hvis jeg vejer
en blyant mere
hver dag
vil jeg efter et år
veje 2 kg mere
end jeg gør nu.
Min ven har spist
én blyant for meget i 40 år.
Når han går
må han støtte knæene mod hinanden.
Sko og ben er trådt skæve,
og nu kan han ikke selv
rette dem ud igen.
Da han har den der
gakkede gangart
kan han ikke spille tennis,
løbe op og ned ad trapperne
eller springe i trampolin.
Så han kan ikke selv komme af med
de 10.000 træblyanter.
Og den operative kommando
vil ikke give ham en blyantspidser,
så han igen kan komme i arbejde
slippe for diabetes,
hjerte-karsygdomme
og folks bebrejdende blikke.

Så nu bliver han nødt til
at trøstespise.

Uhørt

Jeg må have læsebriller
for mine arme
er ikke længere.

Konen klager over
at jeg skruer
for højt op
for radio og tv.
Så ørerne skal testes
hos Audio Nova,

Og så skal jeg til
hørelæge
for at få tilskud.

Og så kan jeg
få tilskud
fra forsikringen.

Så nu skal jeg kun betale
11.111 kroner.
For de billigste
er jo sikkert for billige.

Og nu jeg kan tydeligt høre
hvad de siger
til den fødselsdagsfest
jeg er med til.

Jeg er bare usikker på
om det er en fordel.

Så letter vi

Med støvsugeren på 1700 watt
blev huset tømt for nullermænd.
De små tæpper fik bank.
Gulvene fik sig en
vandforskrækkelse.

Endelig fik jeg taget mig sammen
til forårsrengøringen.

Og måske gik jeg lidt over gevind.
For elleve par bukser,
fem skjorter og otte bluser
forærede jeg til Røde Kors.
Bittert måtte jeg erkende
at jeg aldrig
ville få tabt
de 4-5, nåh ja 6 kilo.
Som ældre er det vigtigt
at man har noget at tære på
trøstede jeg mig med.

Den gamle computer
med IBM-tastatur
den elektriske skrivemaskine,
et 24 binds leksikon fra 1936
og jeg ved ikke hvad
røg samme vej som bukserne
overhalet af moderne tider.

På en måde
følte huset og jeg os helt lettet.

- ALT DET GAMLE
  ER RØGET UD
- SÅ HAR DU IKKE
  NOGET HÆNGEPARTI
  LÆNGERE
- JOV DA. HUN SKAL
  JO LAVE MADEN.

Nu gælder det

Jeg skal vedkende mig
min kulturelle arv,
som jeg står i gæld til.
Ellers er jeg et fattigt menneske.
Men når nu mine ressourcer
er blevet færre
er det svært
at vedkende sig gælden.

Og jeg har sådan set
ikke arvet noget,
der kan betale gælden.
Nok er renten lav for tiden.
Og jeg er i tvivl
om min kulturelle arv
er værd at bevare.

Jeg sidder som en anden
Holger Danske og er i vildrede.
Ved ikke
om jeg skal føle mig truet
eller fattigere
hvis jeg nu og her
tager chancen
og afskriver mig min kulturelle arv,
forlader fortiden,
smider alle mine fotoalbums ud
som ingen alligevel gider bladre i
og i stedet nøjes med
at se en positiv fremtid i møde.

Av for den

Løftede en kasse øl
ind i bilen.
Knæk sagde det
i ryggen
kunne jeg høre
og mærke.

Av for da hele hule helvede.
Krabber af sted
sideværts og foroverbøjet
med den højre arm
daskende
og den venstre arm
konstant pegende
mod jorden
ligesom Tummelumsen
i *Livsens ondskab.*

Kryber akavet ned
i en lænestol
og kryber op igen.
Kryber på alle fire
ind på sengen.
Får endelig lagt mig ned
og kan ikke komme op
Hjælp hjælp hjælp
jeg skal tisse!

Her til Sankt Hans
er det ikke rart
at få et hekseskud.

Hvordan går det?

Jeg har
forstørret prostata
leddegigt i fingrene
lider af migræne
og høfeber.

Jeg har
ondt i knæene
og ryggen,
sommerfugle i maven
og drikker for meget.

Jeg har
kløe i håret
og på skinnebenene,
besvær med at huske
og lider af træthed.

Jeg har
en del ligtorne
og synsforstyrrelser,
problemer med konen
og brok med naboerne.

Men bortset fra det
har jeg det nu meget godt.
Hvad med dig?

Rund og tosset

Rundt om jorden
svæver satellitter
så jeg kan få vejret
og finde vej.

Rundt om månen
for at finde ud af
om jeg vil bygge en villa der,
hvis jeg er milliardær.

Rundt omkring mig
flyver droner og spioner,
så jeg kan være tryg og hygge
på kryds og tværs
og med sudoku.

Rundetårn er ganske rund
og jeg er rundt på gulvet.
For nu har jeg rundet et hjørne,
blevet lidt rundrygget
og ikke længere så rundhåndet.

Ikke tid

Indrømmer:
Jeg er begyndt
at læse dødsannoncer.

Han var født
i det og det år
og det var han også.
Og ham der
er endda yngre
end mig.

Ja, så har jeg
lad mig nu se
hvis jeg tager gennemsnittet
måske
og sådan cirka
og statistisk set
kun ni år tilbage.

Hvad jeg skal lave derefter
tænker jeg ikke på.
For det har jeg ikke tid til.

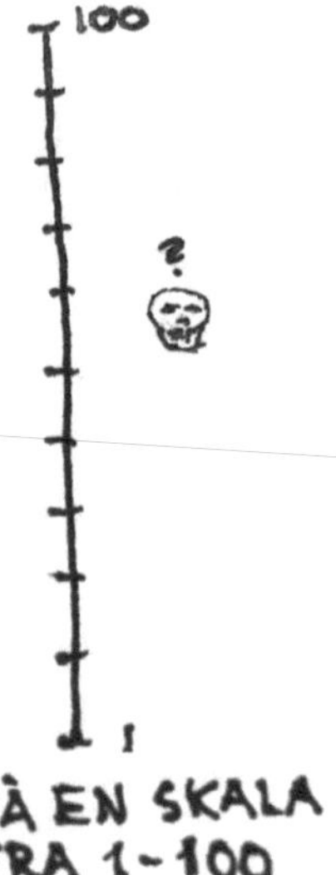

Det sorte hul

Det er ikke til at få øje på.
Men det er
derude,
herinde.
Det sorte hul,
der bøjer rummet.
Derude.
Herinde.

Det sorte hul,
der ikke kan ses
med det blotte øje.
Men det er der
med en tyngdekraft
400 gange større
end når solen skinner.
Derude.
Herinde.

Selv lys kan ikke undslippe
det sorte huls
knugende favntag.
Det kan bøje optimismen
og solens stråler.
Det er en ulige kamp,
som jeg skal lære at leve med.
Derude.
Herinde.

Skyggesiden

I skyggesidens
skygge
sidder
den skjulte side
af selve mig.

Skyggesiden
skygger
for erkendelse
og stillingtagen
til det der var,
men som stadig er.

Peter Pan
ledte
efter sin egen skygge.
Men jeg kan ikke
finde den i mørket.

Terapeuter,
psykologer
og hypnotisører
leder med lys og lygte.
Men skyggesiden
skygger
og kaster nye skygger.

Så nu er jeg
en skygge af mig selv.

Jamen

Jamen, får du nogen proteiner?

Det skal jeg sige doktoren.
Proteiner. Det har jeg dog aldrig spist.

Jamen, du er så tynd om livet!

Det skal jeg sige doktoren.
Livet. Det kan jeg skam ikke undvære.

Jamen, du har en knude i brystet!

Det skal jeg sige doktoren.
Knuder. Dem kan man sagtens løse op.

Jamen, den er gal med din lever!

Det skal jeg sige doktoren.
Lever og lever. Jeg lever skam fint.

Jamen, jeg er bange for at der er kræft der!

Det skal jeg sige doktoren.
Kræfter og kræfter. Joh tak jeg klarer mig.

Jamen, får du noget jern?

Det skal jeg sige doktoren.
Jo tak. Min mand fejler skam ikke noget.

Plejer er død

Katte,
hunde
og ældre
sendes på plejehjem.
Væk fra det hjem
de plejer at være i.
Her bliver de
passet og plejet
og nusset om
af plejere
indtil videre.

For snart kommer
robotterne
og fodrer katten,
lufter hunden
og snakker med de ældre.
"Hvordan har vi det i dag?
"Er vi sultne?"
"Hvad er det første
du laver om morgenen?"

"Jo, først så pisser jeg og pisser.
Det er så dejligt!"

"Hvad laver du så?"
"Så skider jeg og skider.
Det er så dejligt,"

"Hvad laver du så?"
"Så står jeg op!"

Tiden går - klokken slår

Jeg har hus
med terrasse og have
Jeg har to børn
og en i en mave.
Som tiden gik
blev jeg ældre og ældre
nu er jeg så også
blevet forældres forældre.

Jeg har helt sikkert
levet livet
Og egentlig ikke
taget noget for givet.
Jeg har gjort
det så godt jeg kunne
og klaret mig ok
så nogenlunde.

Manden med leen
har en høne og plukke
For nu skal jeg dø
og bo i en krukke
På krukken står skrevet
med en kulsort marker:
Vi alle for livet dig takker.

Jeg har prøvet
at leve og være
Det må jeg
så ikke mere.

Smut med dig

Og så var der Maren på 92,
der lå for døden.
Hun fortalte præsten
med knirkende stemme
og tørre læber
at hun aldrig
havde ligget med en mand
og at det var hendes sidste ønske.

For 500 kroner
lykkedes det præsten
at overtale smeden,
der blev lukket ind til Maren.
Præsten gik en tur.

En times tid senere
bankede han på døren.
En dyb stemme lød:
"Kom ind!"

Smeden lå i sengen
med armene spredt ud
og et tilfreds smil.

"Hvor er Maren?"
spurgte præsten forundret.

"Jo ser du.
Hun er lige smuttet ...
ned i banken
efter 500 kr."

Herre i eget hus

Jeg er herre i eget hus
med friværdi
og ret til at slå min græsplæne.

Jeg er herre i eget hus
med opvaskemaskine
og ret til at spille høj musik.

Jeg er herre i eget hus
med bil i carporten
og ret til min folkepension.

Jeg er herre i eget hus
med wifi
og ret til at surfe på nettet.

Jeg er herre i eget hus
med kaffemaskine
og ret til en sjus når jeg vil.

Jeg er herre i eget hus
med elevationsseng
og ret til at sove når jeg kan.

Jeg er herre i eget hus
med prostatakræft
og ret til hurtig behandling.

Jeg er herre i eget hus
med låg på kisten
og ret til at hvile i fred.

Hvad så?

Hvad vil du egentlig?
Hvad er dit budskab?
Hvad skal det bruges til?
Hvad er meningen?

Man skal jo svare,
når man bliver spurgt.

Så det gør jeg
i min næste bog
Det knirker og knager

Eller den næste
Det bimler og bamler

Eller den næste

Eller den næste

Man skal jo tænke på sin næste.

Indhold